गुमनाम जज़्बात

FANATIXX PUBLICATION
ISO 9001:2015 CERTIFIED

FanatiXx Publication

AM/56, Basanti Colony, Rourkela 769012, Odisha

ISO 9001:2015 CERTIFIED

Website: **www.fanatixx.in**

"गुमनाम जज़्बात"

By: भक्ति ठक्कर & मुलैकाह अंसारी

ISBN: 978-93-89106-41-1
Hindi Poetries 1st Edition
Book Formatting: Saizal Gupta | **Cover Design:** Ashutosh Das

अस्वीकरण

हमने अपनी तरफ़ से पूरी कोशिश की है कि साहित्यिक चोरी जैसी अनुचित घटना इस किताब के लेखक द्वारा दिए गए लेख में ना हो । परंतु हमारी जाँच-पड़ताल के बावजूद अगर इस किताब में लिखित किसी कविता में चोरी पाई जाती है तो इसके लिए केवल लेखक ज़िम्मेदार नहीं है ।

आभार-पूर्ति

सबसे पहले अक्षत लाखे, हेमंत बंसल, सैज़ल गुप्ता एवं फ़ैनेटिक्स पब्लिकेशन्स का धन्यवाद जिनके कारण ये रचना पाठकों के सामने आयी।

हम आशुतोष दास का आभार प्रकट करना चाहेंगे कि ड़्गोने हमारी किताब को इतना सुंदर रूप प्रदान किया।

हम प्रिंस कक्कड़, अदि, कोनेन पटेल, फैज़ान अंसारी, अमान अंसारी, ज़ैनब रामोदिया और ज़ोफिशां मालिक का शुक्रिया अदा करना चाहेंगे कि इनके प्रोत्साहन के बिना हम यहाँ तक नहीं पहुँच पाते।

अंत में हम अपने वालीश्री एवं भगवन का आभार प्रकट करना चाहेंगे क्योंकि उनके आशीर्वाद के बिना कुछ संभव न हो पाता।

लेखक परिचय

भक्ति ठक्कर राजकोट में रहने वाली 17 वर्षीय विद्यार्थी है। कक्षा नौ से इन्होंने लेखन कार्य आरंभ किया। शुरुआत में ये अपने दिल की बातें लिखा करती थी और समय के साथ उनके लेखन में परिवर्तन आया और उन्होंने कविता लिखना शुरू किया। आज अपनी पुस्तक द्वारा अपने दिल में कैद जज़्बातों को स्वर दिया है।

मुलैकाह अंसारी गुजरात के एक मध्य वर्ग परिवार में जन्म लेने वाली 16 साल की उभरती लेखिका है। साहित्य में अधिक रुचि होने के कारण उन्होंने अपनी पढ़ाई और लिखावट को एक सामान महत्व दिया। हर दूसरे मध्य वर्ग परिवार की तरह मुलैकाह ने भी कई मुश्किलों का सामना करते हुए अपने बलबूते पर ये मुकाम हासिल किया है। कल तक कक्षा में अपनी बेंच

पर जो विचार लिखा करती थी, वो खुले और बेबाक विचार से लेकर आज पुस्तकों की इस खूबसूरत दुनिया में अपनी पहली पुस्तक "Cascade of Convictions" से कदम रखने का सफर मुलैकाह के लिए बेहद कठिन और मेहनत भरा रहा है।

सूची

मुलैकाह अंसारी

गुमनाम जज़्बात

कुछ जज़्बात है क़ैद दिल में

जिन्हें आवाज़ देना हम चाहते नहीं

अपने दिल के पिंजरे में उन्हें क़ैद करके

रात बिताते है उन्हें याद करके

निकलते भी है तो आंसुओं में

फिर क़ैद हो जाते है तकियों में

महसूस करते है उन्हें हज़ारों बार

लेकिन बयान करने को दिल करता है इंकार

गाने सुनते वक्त इस क़दर वो याद आते है

फिर भी उन्हें हम कह नहीं पाते है

हमारे दिल के नशेमन में

हमेशा के लिए वो क़ैद रह जाते है

इन गुमनाम जज़्बातों को

आवाज़ देते है, चलो

पन्नो को स्याही से रंगते है

इनमें क़ैद अपने जज़्बात करते है

काली स्याही से कुछ ऐसा चमत्कार करते है
गुमनाम जज़्बातों को अमर आवाज़ प्रदान करते है।

भक्ति ठक्कर

अकेले हम

अकेली दुनिया में अकेले हम,
बस तेरी यादों का सहारा है, ओ मेरे सनम !

*****

बदला वो

टूट गया मेरा दिल
बिखर गए सारे सपने
जिसकी इतनी परवाह की मैंने
आज वो बदल गए ।

साथ है खुदा

खुदा है खड़ा

फिर तू क्यों है डरा

रख रब पर भरोसा ज़रा

देंगे वो तुम्हे अपना सहारा

और करेंगे तुम्हारा हर ख़्वाब पूरा ।

*****

नामौजूदगी तेरी

तुम बिन एक पल रहा न जाए

पर ऐसी है मज़बूरी क्या करूँ हाए

देखु मैं अपने दाये बाए

जब दिल तुम्हारी मौजूदगी का एहसास दिलाये

लेकिन आँखें ढूंढने पर भी तुम्हें न पाए।

इश्क़-ए-सलामत

आसमान में बिखर रहे है बारिश के रंग

ज़िन्दगी भर रहना तुम मेरे संग

खुशनुमा इस मौसम में, बना लेना मुझे अपना अंग

हमारे प्यार से कर देना सारी दुनिया को दंग

मेरी ज़िन्दगी में भर देना उमंग ही उमंग

हमारे प्यार की बना देना लंबी सुरंग ।

****

छलावा

नशीली उसकी आँखें

खुशनुमा उसकी हँसी

हसीन उसका चेहरा

प्यारा उसका दिल

रंगीला उसका रूप

धोखा उसकी फ़ितरत ।

बेनाम मोहब्बत

वो खड़ा था उसके इंतेज़ार में

जो रहती थी उसके दिल के घर में

आज़माये उसने सारे तरीके

पर हर तरीका रह गया पीछे

साथ उसके था जीना सीखा

लोगों को फिर भी उसका प्यार न दिखा ।

हमारी खता क्या थी?

वादे जो किए थे हमने

भूल न पाए वो

जो पहले थे हम

अब रहे न वो

बदल गये तुम

फिर भी कुछ न बोले हम

पर ये तो बताओ क्या गलती थी हमारी

जो सज़ा-ए-ज़िंदा मौत सुना गए तुम ।

प्यार की बातें

वो गुनाह नहीं जनाब

वो है मोहब्बत का ख्वाब

वो नहीं जिस्म की चाहत

वो है दिल की राहत

देखो न कोई उसका रंग

क्योंकि प्यारा है उसका संग

देखो न कोई उसकी जाती

क्योंकि प्यार की बातें सिर्फ दिल को ही समझ आती ।

शक है दीमक

शक और दीमक है एक समान

शक खता है रिशतें और दीमक सामान

दीमक के जैसे

शक करता है रिशतें खोखले

भरोसे की दीवार को खा जाता है शक

रिशतें की डोर को खोखला कर देता है शक

गलतफहमियों की कर एक दीवार खड़ी

ख़त्म कर देता है रिशतें की घड़ी।

कातिल लफ्ज़

कुछ लफ्ज़ जो दिल पर वार करते है

खंजर से ज़्यादा घायल करते है

दर्द सीधा दिल पर करते है

आँसु की नदियां बहाते है

लफ्ज़ जो हम भुलाना चाहते है

याद बार बार आते है

कुछ लफ्ज़ जो दिल पर वार करते है

घायल हज़ार बार करते है ।

मुश्किल सफर

ये सफर है मुश्किल

पर पूरा करने को तू है काबिल

मजबूर कर तू अपना दिल

गम को न कर तू खुशियों में शामिल

तू कर अपने हौसलों को हासिल

छोड़कर दुनिया की परवाह

भर दे अपनी ज़िन्दगी में तू रंग गेरुआ

न सोच तू क्या होगा बुरा

खुदा करेगा तेरा ख्वाब पूरा

बनकर तेरे संघर्ष का गवाह ।

बेवफ़ा

अपनी खुशियों की तलाश में

उसे अपना बनाया था मैंने

अपनी दुनिया बिखेर कर

उसकी दुनिया बसाने चली थी मैं

लेकिन मेरी दुनिया वो उजाड़ गया

मेरे सपनों का आशियाना तोड़ गया

मेरी खुशी को चुरा ले गया

क्योंकि जिसकी थी परवाह की मैंने

मुझे वो तोड़ गया

मुझसे मेरे जीने की वजह ले गया ।

बदला वक़्त, बदले तुम

वक़्त तो बदलता ही है

लेकिन तुम क्यों बदल गए ?

मुझसे ना बदलने का वादा कर

खुद क्यों मुकर गए ?

बदले तो तुम हो

लेकिन बिखरी में हूँ

तुम्हारे वादें पर विश्वास कर

किश्तों में बिखरी मैं हूँ

बेमतलब ही बदल गए तुम

हमको रेत जैसे बिखेर गए तुम ।

कोई अपना मिला

तुम जब मिले तो कोई अपना मिला

रास्ते थे हमारे एक क्योंकि प्यार का था सिलसिला

पर किस्मत का था कुछ और ही फैसला

लिखा था हमारे नसीब में जुदा होना

दोनों को था एक दूजे के प्यार का वास्ता

मजबूरी थी एक दूसरे को खोना

जुदा होकर भी पास है हम

हमारे प्यार को तोड़ने का किसी में नहीं दम

जब दुनिया से अकेली लड़ रही थी मैं

केवल तुम्हारा ही साथ पा रही थी मैं

खड़ा रहा सब मुश्किलों में वे

हम फिर मिलेंगे ऐसी एक आस ले ।

क्या गलत था साथ हमारा?

साथ हम कितने अच्छे दिखते थे

साथ हमारे हाथ कितने अच्छे लगते थे

साथ हम कितने खुश थे

साथ हम एक दूसरे की दुनिया में मसरूफ़ थे

फिर क्यों खुदा ने हमारा ऐसा इम्तिहान लिया !

एक दूसरे से अलग कर, अकेला हमें खड़ा कर दिया

हमारा साथ उसने क्यों गलत करार किया

क्यों जुदा कर हमें बेवफाई का इनाम दिया ?

क्यों हमको जुदा कर दिया ?

क्यों मेरी दुआ ठुकरा, उसने हमको दगा दिया ?

क्या गलत था साथ हमारा

जो हमसे हमारी खुशी वो चीन ले गया ?

वो मोड़

ज़िन्दगी में कई ऐसे मोड़ आएँगे

जहाँ सब अपने साथ छोड़ जायेंगे

कोई अपना न रहेगा

कोई मुश्किलों में साथ न देगा

कोई आंसू न पोछेगा

दुःख आने पर, कोई दिल को तसल्ली न देगा

ज़िन्दगी में कई ऐसे मोड़ आऐंगे

जहाँ लोग अपने चेहरे का मुखोटा हटाएंगे

मगर इन बदलते लोगों को देख

अपनी हिम्मत तू हारना मत

अपने दिल की आवाज़ सुनना

और अपनी राह पर आगे बढ़ना

क्योंकि हर राह में एक ऐसा मोड़ आएगा

जहाँ हर अपना पराया होजाएगा ।

आज़ाद परिंदा

पास है खुदके दिल के

तो क्यों घूमता है निराश होके

सिख तू अपने दिल के जज़्बात बताना

बंद कर दे खुदको सताना

खुल के सब बातें तू बोल

दिल में छुपे राज़ों को खोल

चाहते हो तुम अगर उसका ज़िक्र

तो फिर तुम्हें किस बात की है फ़िक्र

आगे बढ़ो तुम अपना दर्द भुलाकर

जियो अपनी ज़िन्दगी आज़ाद पंछी बनकर

जकड़ी जंज़ीरों से खुदको आज़ाद कर

उचाईयों से तू प्यार कर

अपने पंखों को फैलाकर

आज़ाद परिंदे जैसे तू उड़ चल ।

एक मुलाकात

कुछ इस तरह मेरी उससे मुलाकात हुई

जैसे आसमान को ज़मीन हो मिल गयी

अपने सारे गम भूल गयी मैं

एक नयी राह पर चल पड़ी मैं

नए रिश्ते के निर्माण में

पुराने गवां बैठी मैं

जो साथ थे बरसों से

उन्हीं से दूर होगयी मैं

एक इंसान के लिए

खुद का वजूद तक खो बैठी मैं

उसका हाथ थामकर ज़िन्दगी बिताने का सपना था

लेकिन उसके लिए छोड़ना पड़ा हाथ अपनों का

चलो हार दिए सब रिश्तें और अपना वजूद भी

लेकिन उसके अनदेखे रूप से मैं अंजान थी

कुछ इस तरह मुझे बिखेर के रख दिया उसने

जैसे गिरने से कांच के हो जाते है टुकड़े-टुकड़े

कुछ इस तरह मेरी उससे मुलाकात हुई
जैसे दुःख की दुःख से हो गयी ।

वक्त

कमाल की चीज़ है वक्त भी

बदल के रख देता है हर एक की ज़िन्दगी

कभी हमारे हक में होता है

तो कभी होता है खिलाफ हमारे

अक्सर बदलते वक्त के साथ

लोग छोड़ देते है एक दूसरे का हाथ

मजबूर कर देता है वक्त

खुशनुमा ज़िन्दगी को कर देता है सख्त

नए रिश्तों को तलाश करने के लिए मजबूर करता है

जो छोड़ गए उन्हें भूलने की सिख देता है

हर घाव पर मरहम लगाता है

वक़्त इंसान को मज़बूत बनाता है

बिखरे टुकड़ो को जोड़ देता है

भटके परिंदों को राह दिखता है

कभी खुशियों से जीवन रोशन करता है

तो कभी चेहरे से हँसी चुराता है

वक़्त अच्छा होता है

तब हँसाता है

बुरा होता है

तब हमें सच्चाई का सामना कराता है

वक़्त अच्छा हो या बुरा

हमेशा कुछ न कुछ सिखाता है ।

बिखरी यारी

वो बिखरी यारी

आज फिर मिली

वो बिता कल

वो बीते पल

वो बातें

वो लम्हें

आज फिर मिली मुझे

हमारी वो प्यारी यादें

बहुत किया था याद तुम्हे

रोई थी याद कर हमारे ख़ुशी के लम्हें

देखा जब जब तुम्हें

मन किया लगा लूँ गले

लेकिन अनदेखी एक ज़ंज़ीर से जकड़ी थी मैं

चाहा ख़ुदको आज़ाद करना

लेकिन मजबूरी थी मेरी तुमसे दूर रहना

दोस्त नहीं जान थी तुम हमारी

मिसाल दी जाती थी दोस्ती की हमारी

कुछ इस तरह ज़ंजीरो में कैद हुई मैं
की अचानक होगए हम अनजाने
वो बिखरी यारी
आज फिर मिली
वो हँसी की किलकारी
आज फिर मिली ।

मौत

मौत एक बुरा ख़्वाब है

अंदर से जंजोड़ के रख देने वाला सच है

मौत एक मुकम्मल अंत है

जिससे बचना असंभव है

मौत का डर बसा है सबके दिल में

फिर भी ढूंढते है बहाने उससे बचने के

कुछ इस तरह ज़िन्दगी में व्यस्त हो जाते है

कि मौत को बिलकुल भूल जाते है

ज़मीन पर बैठना छोटा होने का एहसास दिलाता है

मिट्टी से दूर जाना पड़ता है

उचाईयों को सर करने की आदत हो जाती है

क्योंकि एक जाने सच से अनजान होते है

आसमान को सर करते है

लेकिन अंत तो ज़मीन पर ही है

जो ज़मीन पर बैठना छोटा लगता है

उसी में दफ़्न होकर मोक्ष पाना पड़ता है

जिस मिट्टी सै घिन आती है

उसमें मिलके ही स्वर्ग की खुशबु मिल पाती है

ज़िन्दगी भर अपनों की तलाश में जुटे रहते है हम

और मौत के बाद वही करते है हमारे वज़ूद को खत्म

जो शरीर सवारने में ज़िन्दगी बिताते है हम

वही शरीर को जलाकर करते है ख़त्म

ज़िन्दगी जीना गलत नहीं

बस याद रखो कि

मौत ही अंत है ज़िन्दगी का ।

एक कागज़ का टुकड़ा

आज लगा हाथ वो कागज़ का टुकड़ा

जिसमें दिखा मुझे मेरा दिल धड़कता

वो धड़कने जो गुम हो गयी थी

आज मुझे वापिस मिल गयी

वो लफ्ज़ जो मैंने उसके लिए लिखे थे

आज यादें साथ लाए है

यादों का पिटारा खुला तो

आँखें पड़ी रो

वो लम्हें जो साथ बिताए थे हमने

वो वादें जो साथ किए थे हमने

वो रात भर की बातें

वो हसीन मुलाकातें

सब कुछ याद आया

आँसु की बारिश के साथ

खुशी की हवा ले आया

एक बार फिर थामना चाहा तेरा हाथ

लेकिन आया याद मुझे

कि अब कह नहीं सकती मैं अपना तुझे

वो रास्ते जो कभी एक थे

आज मीलों दूर दिखे

वो वादें, वो यादें

वो बातें और वो हसीन मुलाकातें

सब कैद थे यादों के पिटारे में

आज खोला जो उस पिटारे को मैंने

संग मिले मुझे दिल के टुकड़े मेरे

क्योंकि था ये वो कागज़ का टुकड़ा

जिसमें कैद थी हमारी यादें ।

मिले जो महीनों बाद

मिले जो हम महीनों बाद

वापिस सुनाई दी धड़कन की आवाज़

आँखें जो मिली हमारी

आँखों में आ गया पानी

हज़ारों बातें करनी थी

लेकिन अल्फ़ाज़ थे गुम कही

हाथ जो थामे हमने

मानो दुनिया हो बदल गयी

गले जो लगे हम

मानो खत्म होगए सारे गम

मिले जो हम महीनों बाद

वापिस हुआ खुशियों का आगाज़ ।

PRIBH

मुलैकाह अंसारी

मेरी खुशियाँ तुझसे थी

तुझे तकलीफ़ देना मेरे बस में न था
क्योंकि मेरी खुशियों का नशेमन तेरी खुशियों में था ।

*****

दास्तां मुकम्मल इश्क़ की

जी चाहता हैं चंद अल्फाजों में हमारी कहानी लिख दूँ

दिल चाहता है हमारी यादों को एक किताब में तब्दील

कर दूँ

मेरी आशिक़ी को लफ्ज़ में कैद कर दूँ

और बस इस तरह दुनिया जहान में हमारे इश्क़ की

दास्तां मुकम्मल कर दूँ ।

एक झोंका इश्क़ का

एक हवा के झोंके सा तू आया

मेरे दिल ओ दिमाग पे सिर्फ़ तू ही छाया

लेकिन जैसे कुछ पल में चला जाता है हवा का झोंका

वैसे ही तू भी चला गया देकर मुझे यादों का धोका ।

*****

मेरी तन्हाई

मेरी खुशियाँ बाँटने सब आए

मेरे दुःख बाँटने कोई नहीं

मेरी खुशियों में शामिल सब हुए

मेरे दुःख के जश्न में कोई नहीं ।

खुश है वो मेरे बगैर

चाहे वो दूर हो या पास हो

चाहे वो साथ हो या न हो

हर दुआ में उसकी खुशी मांगी

हर सजदे में उसकी सलामती चाही

रब से सिर्फ उसकी खुशी मांगी

और रब ने इसकी दूरी को ही उसकी खुशी बना दी ।

बारिश की बुँदे

ये बारिश की बूंदें कुछ इस तरह बरसी

कि मेरी आंखें एक बार फिर तेरी झलक पाने को तरसी

अर्श की बूंदों का कुछ ऐसा असर हुआ फ़र्श पर

जैसे तेरे दीदार का असर होता है मेरे दिल के फ़र्श पर

ये बारिश की बूंदें तो सिर्फ़ एक ज़रिया है

लेकीन तेरे लिए मेरा दिल प्यार का दरिया है

इस बारिश में तेरे साथ भीगने का इंतेज़ार है

लेकिन तुम्हारे पास होने के बावजूद ये दिल इज़्तिरार है।

खुशियों की लो

अंधेरों से घिरी थी मैं

खुशियाँ हार चुकी थी मैं

हँसना चाहती थी

लेकिन खुश होना भूल चुकी थी

इस अंधेरे से घिरे मेरे जहान में

खुशी का ज़रिया था वो

मेरे अँधेरे भरे जहान में

मोमबत्ती की लो था वो ।

तू है

मेरी खुशी में शामिल तू है

मेरे प्यार के काबिल तू है

मेरे दर्द का ज़रिया तू है

मेरी आँखों का दरिया तू है

मेरी लबों की खुशी तू है

मेरी आँखों का पानी तू है

कैसे बयान करूँ इन चाँद अल्फ़ाज़ों में

कि मेरे दिल की धड़कन तू है ।

वो राज़ आँखें

तेरी आँखों में कोई राज़ था छुपा

जिसे बेनकाब करने था में चला

वो राज़ बेपर्दा क्या हुआ

लगा जैसे ज़मीन पर आसमान हो टूट पड़ा

उन आँखों का मंज़र इतना खौफ़नाक था

कि उसे देख दिल बस रो पड़ा

जिन आँखों में मोहब्बत की तलाश करता था में

उन आँखों में मेरी बर्बादी का नज़ारा दिखाई मुझे पड़ा ।

कसूर हमारा था

कसूर हमारा था

जो हमने अनजाने एक इंसान को

अपने सर का ताज बनाया

कसूर हमारा था

जो खुद को उनसे कमज़ोर पाया

कसूर हमारा था

जो अनजाने एक इंसान को

सजदों में अपना हमदर्द बनाया

कसूर हमारा था

जो हमने खुद को अकेला पाया ।

वो एक शख्स

कश्मकश में पड़ जाता है दिल

कोई जवाब न पता है मिल

जो कोई पूछ दे,

"तेरी मुस्कुराने की वजह तो बता दे?"

कैसे बयान करूँ इन चाँद अल्फ़ाज़ों में

कि मेरी रूह में शामिल है वो

कैसे समजाऊँ इन लोगों को

कि मेरी दिल की धड़कनों का कारण है वो

सिर्फ़ इतना जवाब दे देती हूँ मैं

"वही मेरी दुनिया और वही मेरी जन्नत की दास्ताँ है!"

टूटी यारी

एक को कुछ कहो तो दूसरा लड़ पड़ता था

एक की आँखों में आँसू देख दूसरों का दिल रोता था

बेइज़्ज़त करना एक दूसरे को मकसद था उनका

साथ में हँसना, साथ में रोना फैसला था उनका

ऐसी थी इनकी यारी

यारी जिसकी मिसाल थी दी जाती

कोई दरार न ला सका इनमें

क्योंकि जुड़े थे दिल इनके आपस में

लेकिन शिकार हुए गलतफेमि का ये

और फिर यारी जिसकी मिसाल थी दी जाती

बिखरी थी पड़ी टूटे टुकड़ो के भांति ।

अब तू रास नहीं

एक वक़्त था जब

तेरी ख़ामोशी मुझे खलती थी,

एक वक़्त था जब

तेरे एक दीदार को मेरी आँखें तरसती थी,

एक वक़्त था

जब हमारा साथ मुकम्मल था,

और एक वक़्त आज है,

जब तुझे देखते ही आँखें भर आती है

तेरी आवाज़ रुला देती है

और इस वक़्त में

ना तेरा दीदार चाहिए

और ना ही तेरा साथ!

दिल-ए-नादान

ये दिल-ए-नादान नहीं समझता कि तू नहीं है इसका

नहीं मानता ये कि मुमकिन नहीं हमारी तकदीरों का एक

होना

कुछ भी करले तू, सिर्फ तुझे ही चाहता है

हज़ारों बार तोड़ ले फिर भी तेरे ही पीछे आता है

फटकार ले तू इसे अनगिनत बार

मानता नहीं ये हार

धड़कता है सिर्फ तेरे लिए

समझता नहीं कि तू मेरे नसीब में नहीं है

सिर्फ तुझे ही चाहता है

बस तेरी ही हिफ़ाज़त की दुआ मांगता है

हज़ारो बार तेरी गलतीयाँ माफ़ करने को तैयार है

तेरे लिए अपना वजूद खोने को तैयार है...

यह आँखें झूठ नहीं कहती

तुम चुप थे लेकिन तुम्हारी आँखें बहुत कुछ बोल गयी

तुम्हारे पास लफ़्ज़ नहीं थे लेकिन तुम्हारी आखिर सब

बयान कर गयी

बिना हिचकिचाये बोल तो दिया तुमने कि दूर हो जाओ

लेकिन तुम्हारी आँखें साथ रहने का पैगाम छोड़ गयी

लाखों दफ़ा पूछा,"क्या प्यार करते हो?"

मगर हर बार तुमने इंकार कर दिया !

हज़ारों गवाह थे तुम्हारे प्यार के

फिर भी तुम बेपरवाही से इंकार कर गए

लेकिन जब हमने कहा कि,

"तुम्हारे लब जूठे और आँखें सच्ची है..."

तब तुम्हारी ख़ामोशी तुम्हारा इश्क़ इज़हार कर गयी

तुम्हारी आँखें तुम्हारे दिल का हाल बयान कर गयी...

क्या तुम्हें प्यार नहीं हमसे?

क्यों अक्सर तुम कह देते हो

कि मुझसे प्यार न करते हो?

क्यों तुम्हारे इन लफ़्ज़ों को

मेरे दिल पे बाण की तरह चला देते हो?

क्या इतना आसान है तुम्हारे लिए कहना

कि तुम हमसे दूर चाहते हो रहना?

मेरे तो तिल-तिल में बस बसे तुम हो

फिर क्यों ऐसी दिल तोड़ने वाली बातें करते हो?

क्यों ये बोलके मुझे रुला देते हो?

क्या सचमें तुम मुझसे प्यार नहीं करते हो?

क्या तुम्हारें वो दावे जूठे थे

या खुदा हमसे रूठे थे ?

मेरी मोहब्बत

आदि नहीं प्यार मेरा चंद अल्फ़ाज़ों का

बसेरा है मेरा दिल तेरी यादों का

लफ़्ज़ों में बयान हो सके

मेरा प्यार उसके काबिल नहीं

तेरी लबों की वो हँसी देख के

कुर्बान कर दूँ ये दुनिया वही

तेरी खुशी पर यूँ

सारा जहाँ वार दूँ

मेरे लबों की हँसी को

तेरे दुःख को हार दूँ

मोहताज नहीं मेरा प्यार कुछ अल्फ़ाज़ों का

तू ही मेरी ज़िंदगी और तू ही है ज़रिया मेरे जीने का

अपने सारे सुखो को तुझपे हार दूँ

तेरी मुस्कराहट के लिए अपना सारा जहाँ वार दूँ ।

मजबूर इश्क़

हर घड़ी तेरा साथ चाहा

हर दुआ मैं तुझे ही माँगा

आँखें बंद की तो तेरी खुशी चाही

आस थी की बन जाए हम हमराही

काश! इस बेनाम रिशतें को

नाम देदे वो

कुछ ऐसा करिश्मा होजाये

कि हम बस एक हो जाए!

क्यों इतना बेबस है दिल

एक दूसरे के होकर भी हम न पाए मिल

कितने मजबूर है हम

एक दूसरे के होने के बावजूद आँखें है नम

क्यों खुदा इम्तिहान है ले रहा ?

क्यों हमको कर दिया यूँ जुदा ?

क्या गलती थी हमारी ?

क्या प्यार करना नादानी थी हमारी ?

तुझसे और तुझ तक हूँ

मुझे नशा हैं तेरा

तू फ़लसफ़ा हैं मेरा

अगर मैं शराबी तो शराब तू है

अगर मैं आशिक़ तो आशिक़ी तू है

अगर मैं लेखक तो मेरी दास्तान तू है

मेरे लबों पे ठहरी हसी तू है

मेरी आँखों की नमी तू है

मेरे अक़्स में शामिल तू है

मेरी रूह को हासिल तू है

तू ही मेरी जान है

तुझसे ही मेरी शान है

बिन तेरे मेरी कोई कहानी नहीं

तेरे बिना मैं रानी नहीं

मेरी लत है तू

मुझपर ख़ुदा की मस्लेहत है तू

अगर मैं राही तो राह हैं तू

अगर में मुसाफ़िर तो मेरा मंज़िल है तू।

रोशन अंधेरा

अँधेरी इस रात में

चाँद सा था वो

मेरी ज़िन्दगी में

चांदनी फैला गया वो

मुझे जीने का मकसद दिया

अँधेरे से प्यार करना सिखाया

सिखाया मुझे कि,"अँधेरे से न डरो

बल्कि अंधेरों में भी खुद को रोशन करो !

मत सोचो कौन क्या कहेगा

बस याद रखो कि तुम्हारा उजाला सबके साथ रहेगा!"

सिखा मुझे रोशनी फैलाना

अपना अस्तित्व वो खोने चला

गायब हो गया कही आसमान में वो

उसकी तलाश में पड़ी मैं रो

फिर आयी याद मुझे वो अँधेरे भरी मुलाकातें

और उसकी कही गयी वो बातें

याद आया मुझे कि, "कही न जायेगा मुझे छोड़कर वो

आएगा रोशन करने अँधेरे को
कुछ देर के लिए भले ही खो गया हो
लेकिन ज़रूर लोटेगा मुझे खुशियां देने वो!"

बरसा जो आसमान

बरसा जो टुटके आसमान

संग बरसे मेरे दिल के अरमान

बरसते पानी को देखा जो मैंने

मेरे दिल में कैद यादें कुछ लगी कहने

था खुशनुमा वो बारिश का मौसम

जब तेरे संग भीगे थे हम

वो यादें याद जो आई

मेरी आँखें भर आई

मैं एक बार फिर मुस्करायी

भीगी जो बरसात में मैं

तेरी कमी महसूस हुई मुझे

दिल ने कहा,"चली जा उसके पास

और थाम ले उसका हाथ!"

लेकिन समझाया मैंने मेरे नादान दिल को

कि किया है आज़ाद मैंने उसको

अपने प्यार की जंजीरों से

कर दिया है आज़ाद उसे

ये बरसात में अकेली मैं हूँ

उसकी यादों की तनहाई में इस कदर गुम हूँ

लेकिन उसके लिए खुश मैं हूँ

क्योंकि उसकी खुशी के लिए अपना जहाँ में कुर्बान कर

दूँ!

तलाश

अँधेरी इस राह में,

अकेला था में चला

दीयों की तलाश में,

खुदको में तराश बैठा

लोगों के आने से मेरी राह में उजाला जो हुआ

उनका ही हाथ थाम, अपनी मंज़िल को में चला

लगाये दिल बहुतों से,

दुखाये दिल बहुतों के

मोहब्बत के खत भी आये,

नफरत में जिस्म भी जलाये

अँधेरी इस राह में, अजनबियों को अपना क्या बनाया

इन अजनबियों ने मेरी राह को रोशन कर दिखाया

इस क़दर लत लगी इन अंजाने अपनों की

कि उनकी गैरमौजूदगी में, खुदको निराश मैं कर बैठा

अँधेरी जिस राह में,

अकेला था में चला

दीयों की तलाश में,

खुदको मैं खो बैठा
राह अँधेरी थी मेरी,
अँधेरी है आज भी
फ़र्क़ सिर्फ इतना है
कि कल तलाश थी दीयों की,
आज अपनों की है...

मुलाकात एक अजनबी से

एक अजनबी से मुलाकात क्या हुई

कि जैसे एक नयी कहानी की शुरुआत हो हो गयी

मज़ाक-मस्ती में शुरू हुआ ये रिश्ता

इस कदर आगे बढ़ा कि एक दूसरे की मानो लत सी हो

गयी

बहुतों ने चाहा इस रिशतें को खत्म करना

लेकिन हमारा प्यार देख, सबको मुकरना पड़ा

एक अजनबी से मुलाकात कुछ ऐसी हुई

की जैसे ज़िन्दगी ही बदल गयी

सब कहानियाँ सच लगने लगी

मोहब्बत मुकम्मल होने लगी

महबूब की खुशियों में खुदकी खुशी को पाया

और महबूब ने ही उस मुस्कराहट को छीन दिखाया

मेरी मुहब्बत का इस कदर इम्तिहान लिया उसने

कि मेरी आँसुओं की ज़मीन पर,

अपना आशियाना बना लिया उसने

एक अजनबी से मुलाकात कुछ ऐसी हुई
कि दो राहें मिलकर भी जुदा हो गयी...!

कलयुग

बदलते वक़्त के साथ बदलते है लोग

प्रकृति का याही है संजोग

साथ में रहना ज़िंदगी भर होता है सपना

लेकिन समय के साथ कोई न रह जाता है अपना

आज कहां कृष्ण- सुदामा भांति मित्रता है

सब के कण-कण में बसी शत्रुता है

समय के साथ टूट जाती है यारी भी

और छूट जाती है हँसी भरी किलकरी भी

चकनाचूर हो जाता है भरोसा तक

दिल में रह जाता है तो सिर्फ़ शक

खो गया है दिलों में से ईश्वर का निवास

घर कर गया है शैतान का वास

न रहा कोई प्यारा अपना

किसी का न पूरा हो सका सपना

खो चुके लोग मानवता

कसर ना छोड़ी दिखाने में दानवता

नहीं रही अब लोगों में वह ईश्वर की चाह

क्योंकि लोगों ने अपना ली है गलत राह ।

बेहरूपी लोग

आज के ज़माने में लोग कपड़े से ज़्यादा तो रंग बदलते

है

वो लोग जो हमेशा साथ निभाने के दावे करते थे

बीच राह में ही अकेला छोड़ जाते है

जो कभी हमें सिर का ताज बनाकर रखा करते थे

आज उन को हमें पैरों की जूतियों का दर्जा देना भी

गवारा नहीं

जो हमेशा खुश रखने के वादें करते थे

आज वही सबसे ज़्यादा रुलाते है

लोगों को बदलते बिल्कुल वक़्त नहीं लगता

सिर्फ़ चंद लम्हों में ही वो इतना बदल जाते है कि

यकीन करना मुश्किल हो जाता है कि

यह वही है जिन्होंने इतने वादें किए थे ।

बचपन

जब छोटी थी मैं

छोटी-छोटी बातों में खुश होजाया करती थी

अपनी बसायी खिलौनों की दुनिया में

अपना सुकून ढूंढ लिया करती थी मैं

लोगों के होने नहाने से कुछ फर्क ही नहीं पड़ता था

कार्टून में ही खुशियों का पिटारा मिल जाया करता था

प्यार भी होता था तो उन बेजान खिलौनो से

ज़िद भी होती थी तो गुड़ियों और गाड़ियों की

अक्सर मन करता था कि जल्दी मैं बड़ी हो जाऊँ

और अपनी एक नयी दुनिया बसाऊँ

न घड़ी के काँटे रुके

न ही मेरी बढ़ती उम्र

अपना बचपन खो रही थी मैं

लोगों के हाथ पकड़कर जीना सीख रही थी मैं

कार्टून से वास्ता टूट गया

लोगों से रिश्ता जुड़ गया

खिलौने में जो सुकून मिल जाया करता था

अब वो भीड़ में ढूँढना पड़ता था

खट खटाये हजारों दरवाज़े

अपनों की तलाश में गलत रास्ते भी अपनाए

बहुत कोशिशों बाद, थोड़ा सुकून मिला जो

पता चला की हमसे खेल गया वो

निराश मैं टूटने लगी

दुनियादारी से दूर होने लगी

कहा किसीने कि,"खुदमें ढूंढो सुकून को

लोगों पर भरोसा न करो"

आज़माया मैंने ये तरीका जब

सच से वाकिफ हुई मैं तब

झाँका खुद के अंदर मैंने

तो मेरी आत्मा मुझसे लगी कहने,

"कहाँ करेगी तू सुकून की तलाश

इतनी मशगूल थी अपनी दुनिया बसने में तू

की अपनी खुशियों का ही सौदा कर बैठी तू

अपनी खिलौनों की दुनिया को इतना बढ़ा दिया तूने

कि खुद ही खिलौना बनकर रह गयी तू

पहले तेरे एक आँसु पर लोग बिछ जाते थे

तेरी हर ख्वाहिश पूरी करने को तैयार होजाते थे

आज तेरे आँसुओं पर चढ़के

अपनी दुनिया बसाते है”

इतना मशगूल हो गई मैं बड़ा होने में

कि असलियत को अनदेखा कर बैठी मैं

अपनी दुनिया बसाने की आस में

अपना वजूद ही खो बैठी मैं।

You can contact the Publisher at:

www.fanatixx.in